U0014869

想太多 ③ 悄悄話

眼球先生◎圖、文

時間 滴答的走著，
你我都是 一樣的，
快樂 還是不快樂？
常常是 自己決定的。

一句 溫暖的祝福，
像是 飄著香味的雲朵；
送給 喜歡的人，
感覺盡在不言中。

我 努力的 讓自己變得不平凡，

卻 忘了平凡生活中，
那些 最真實的美感。

做著 你不懂的事， 想著 你不懂的美好，
堅持 自己想要的人生， 這 就是我。

逃出去？ 還是躲起來？
遇到問題， 這兩樣 都不是 最聰明的辦法。

補充大量的 維他命， 我要 滿滿的健康，
還要有 橘子口味的 心情。

一個人的 難過、傷心， 能向誰 訴說？
想哭就哭吧，
誰都有 脆弱的時候。

春天來了，冬天就走了，

幸福來了，寒冷就消失了！

適時的 **給彼此一點空間吧！**
在我們 親密的關係之中。

我在 熱鬧的宇宙， 又像在 無人的森林……

迷失， 是因為不夠努力？

還是 為了 讓逃避的藉口變得合理？

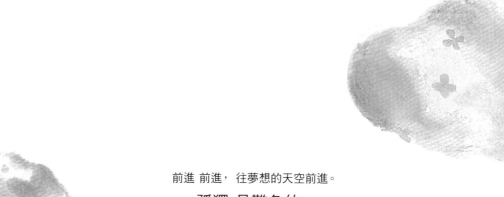

前進 前進， 往夢想的天空前進。
　　孤獨 是難免的，
　喜樂是 要耐心等待的。

這個世界 只要 有你懂我，
就算 失意難過，
也會變成泡沫， 飄走 飄走。

再一次 告訴自己， 縱使 好運還沒到來，

也要 用微笑 去等待。

喜歡，有時候只是 一種感覺，
不需要 給太多理由，心情 自然會告訴你。

我 沒多說話， 也不害怕沒人懂 我，
一個人 或許孤單，但 也簡單的自在。

我的心 是間小小的房子。 房子雖小， 卻 裝著滿滿的思念。

這樣的 午後，**讓心情 放空，**
發發呆 什麼事都不做，　就很 快活！

願意 做一個安靜的 傾聽者嗎?
在自己 有話想說的時候。

對與錯， 好與壞，
我總是 自己偷偷決定，以為 那就是答案。

一盞燈、一本書、一杯茶，
原來，我比想像中的自己 還**不怕寂寞**。

有誰可以在每天起床時提醒自己：

請珍惜這生命中唯一的一天。

原來，分享是需要反覆練習的，
尤其是 面對自己喜愛的東西。

有些事，藏在心裡沒說出口，
因為 那是我對自己說的 悄悄話！

幸福 往往就這樣， 悄悄地， 無預警地，
讓人感到 它的溫暖。

我 隱身在 喧囂的城市，企圖 拋開世俗的 煩惱，
你說 這想法太過天真，我笑著說 這樣粉好。

地球生活 需要 足夠的消遣，
上緊發條的 腦袋， 很難體會 輕鬆自在的 感覺！

背靠著背，靜靜地 仰望星空，

回憶 也許美好， 我卻 期待 未來更多。

生命中，總會 出現許多 意想不到的機遇。 你會 只是好奇？還是 會讓它們 變得有意義。

悄悄地， 我 改變了心情， 不想 讓其他人知道，

因為 這是一場 跟自己對話的內心戲。

我們的世界 很不一樣吧？

試著 去了解我不知道的那些， 希望 你也能體會 屬於我的這些。

青春的氣球 飄啊飄， 帶著我 年少的夢想，
還有一些 淡淡的悲傷。

緊抱著 夢想，
希望 你陪我一起， 像家人一樣。

我想 訂做一個 緩慢行走的鐘，
讓 心中那些 小小的**快樂**，
都有機會 **稍做停留**。

越過重重障礙 前往 美麗的城堡，

路人說我 不自量力 自尋煩惱；

我說 人生沒有挫折 那才無聊！

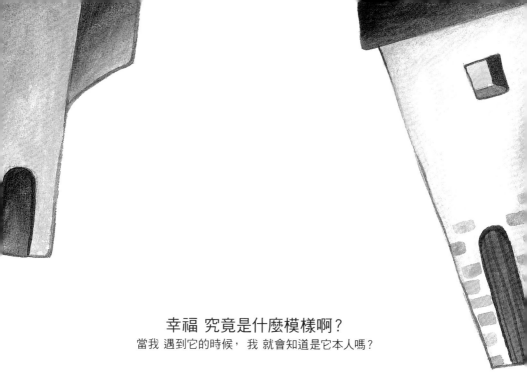

幸福 究竟是什麼模樣啊?
當我 遇到它的時候, 我 就會知道是它本人嗎?

幸福的魔法 像是一個念頭的轉變,
讓原本討厭的人, 也能看到他可愛的一面。

下雨的時候， 你是會 先煩惱濕濕的鞋子，

還是 去欣賞 被雨洗過的葉子？

別把 情感默默 藏在內心裡，

有話就說吧，愛 不能只是 靠心電感應！

心中的土地，長出了神奇的花，

我期待 它美麗，而且善良。

很多時候，看到的 跟自己以為的，
都 不 是 最真實的。

「嗨！你好嗎？」
奇怪哩， 為何 面對這樣一句簡單的問候，
我卻常常要 思考很久。

炎炎的夏日， 在無人的小島，
手機跟電腦 統統丟掉， 這時候，睡覺最好。

又過了一天，又過了一年，心中那棵叫做 幸福的樹啊！
你 今年幾歲了呢？

天熱時，想念寒冷的冬；忙碌時，想起渡假的我。
我們都習慣 懷念 那些過去的，
卻忘了 好好體會 當下擁有的。

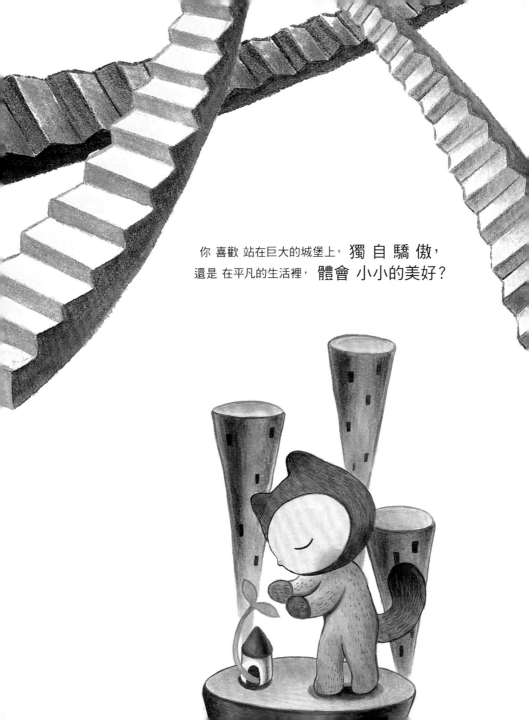

你 喜歡 站在巨大的城堡上，獨 自 驕 傲，
還是 在平凡的生活裡，體會 小小的美好？

在漆黑的 夜裡, 還堅持 不睡,
為得是 多一點靈感,
去感覺 這個沉靜的世界。

即使是 舊舊小小的，
都可以 讓人感到 溫暖的地方，
這 就 是 家。

心裡的話如果都不說， 那些焦慮和難過， 該何去何從？ 總是 害怕說出口後的結果， 才會讓 層層疊疊的憂鬱， 卡在我胸口。

因為 這個世界有你懂我，快樂 才 有人分享，難過 才 有人分擔，
那 我們都算是 彼此生命中的貴人吧！？ 感謝這個世界，有你有我。

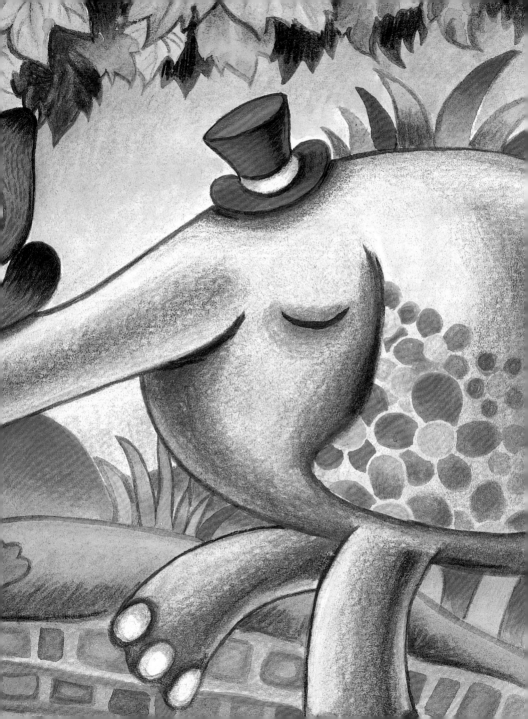

誰能告訴我，通往 幸福的方向？
我不是迷路，只是想再確定一下。
地圖上指示，它在 不遠的前方，
我的心裡 悄悄告訴我，它在 有愛的每個地方。

做夢 讓人感到 快樂， 追夢 常常會 遇到挫折；

夢想的國度 是個 美麗的世界，
就算只是站在起跑點， 也能嗅到芬芳的滋味。

是 安靜的無言？

還是 **優雅的沉默**？

我們因為彼此瞭解，

想說的感覺 用 內心體會。

給我魔法， 我想要變成誰？ 誰的臉孔可以讓帥氣加倍？

我們 都只記得 羨慕別人的一切， 卻忘了 欣賞自己平凡中的不完美。

如果 不懂得 愛自己， 再多神奇的魔法， 也無法 讓快樂相隨。

這是 我自己的 小宇宙， 沒有先進的科技， 來往的人也不多，
吃住變得簡單， 生物間 都懂得 彼 此 尊 重。 你喜歡這
樣的小星球嗎？ 歡迎 有空來找我。

是我在想妳，還是妳在想我？
是我眷戀妳，還是妳依賴我？
感情的世界 很難捉摸，

感覺對了，什麼都不必說。

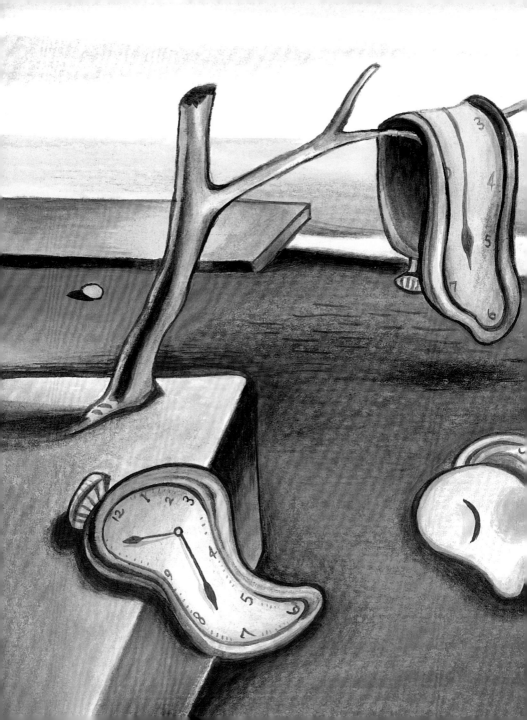

時間會證明一切， 也許明天、也許後天、也許很多年後……

你將會發現， 人生不過就是一場夢，所有的事情都很真實的發生，卻又很虛幻的渡過。

我的耳朵，不是梵谷的耳朵，
雖然也受了一點傷，但不至於太過嚴重；
我的難過，不是梵谷的難過，
雖然也滴下了一些 淚水，但 我會努力 把憂鬱趕走。

吶喊， 讓我在心中 悄悄的 吶喊，
叫那些停留在天空的 不愉快，
通 通 走 開 ！

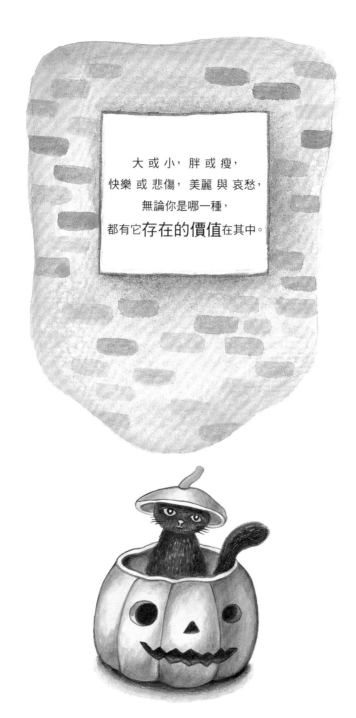

大 或 小，胖 或 瘦，
快樂 或 悲傷，美麗 與 哀愁，
無論你是哪一種，
都有它**存在的價值**在其中。

常聽人家說，生活就應該要 多姿多彩。

忙碌的人啊，其實需要的是 更多 平靜的愉快！

我的 **快樂與不快樂**，應該 **由誰來決定？**
是外在的 環境？ 還是內心的 自己。

兩點十分，在小小的房間，

一個人只需要 面對自己，體會孤單 更 享受自由。

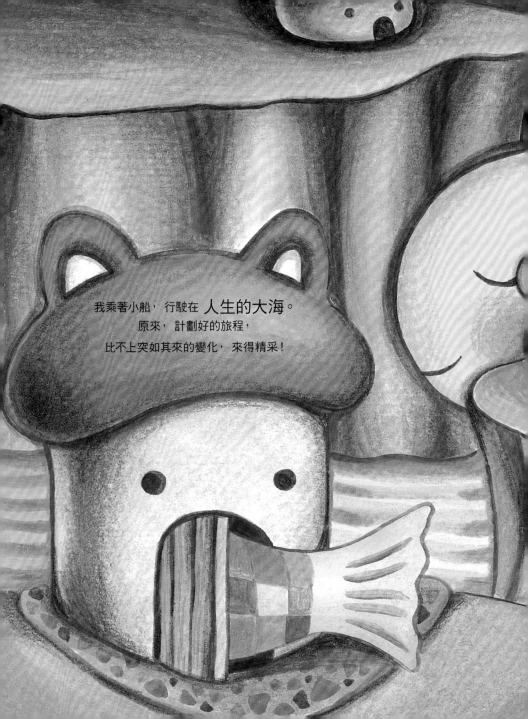

我乘著小船，行駛在 人生的大海。
原來，計劃好的旅程，
比不上突如其來的變化，來得精采！

一顆心 可以交給誰？

誰會細心？ 誰有耐心？ 誰讓人放心？

又有誰 會珍惜這顆心？

來來來，請跟我來，往前走就不要再向後看！
回憶 也許很美，但想起更多不爽的事情才更叫人傷感。

我撿了這些，又再拾起那些，這是快被遺忘的過去，也是 曾經擁有的甜蜜。

微笑 心情會變好， 微笑 煩惱會淡掉，
大家都說 微笑 對身體很好，
於是我開始練習，要 隨時保持微笑。

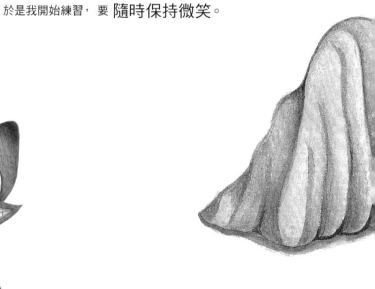

拍張照吧！ 趁我們還美麗的時候， 在我們還相愛的時候！

原來 美麗與愛情，竟是如此相同，都會有 甜蜜跟褪色 的時候。

遇到挫折，可以 難過一下，但 不能太久。

深呼吸， 打起精神， 要找回 自信的我。

低著頭，沉默，思考著，許多。
明天會 下雨？ 還是出現 彩虹？ 別擔心，其實兩樣都不錯！

忘了吧！再想它又有什麼用，
還不如去做別的事，
要忘掉不愉快的事很難，
但讓它繼續糾纏，絕對會更慘

我要開始說悄悄話了，
給我生命中重要的你們！

你這隻任性的小狗，雖然我們語言不通，
希望你能體會，我對你的愛與包容。

許個心願，
給未來的世界的自己，
要開心創作，
要到處旅行。

這些是沒說出口的悄悄話，
送給你們，我愛大家，希望你們都好。

COLORFUL 025

想太多3：悄悄話

作　　者／眼球先生
企劃選書／何宜珍
責任編編／何宜珍
美術編輯／吳美惠

版　　權／黃淑敏、翁靜如
行銷業務／林彥伶、張倚禎
總 編 輯／何宜珍
總 經 理／彭之琬
發 行 人／何飛鵬
法律顧問／台英國際商務法律事務所　羅明通律師
出　　版／商周出版
　　　　　臺北市中山區民生東路二段141號9樓
　　　　　電話：(02) 2500-7008　傳真：(02) 2500-7759
　　　　　Blog：http://bwp25007008.pixnet.net/blog
　　　　　E-mail：bwp.service@cite.com.tw
發　　行／英屬蓋曼群島商家庭傳媒股份有限公司城邦分公司
　　　　　臺北市中山區民生東路二段141號2樓
　　　　　讀者服務專線：0800-020-299
　　　　　24小時傳真服務：(02)2517-0999
　　　　　讀者服務信箱E-mail：cs@cite.com.tw
劃撥帳號／19833503
　　　　　戶名：英屬蓋曼群島商家庭傳媒股份有限公司城邦分公司
訂購服務／書虫股份有限公司客服專線：(02)2500-7718；2500-7719
　　　　　服務時間：週一至週五上午09:30-12:00；下午13:30-17:00
　　　　　24小時傳真專線：(02)2500-1990；2500-1991
劃撥帳號：19863813　戶名：書虫股份有限公司
　　　　　E-mail：service@readingclub.com.tw
香港發行所／城邦(香港)出版集團有限公司
　　　　　香港灣仔駱克道193號東超商業中心1樓
　　　　　電話：(852) 2508 6231傳真：(852) 2578 9337
馬新發行所／城邦(馬新)出版集團
　　　　　Cit (M) Sdn. Bhd. (458372U)
　　　　　11, Jalan 30D/146, Desa Tasik, Sungai Besi,
　　　　　57000 Kuala Lumpur, Malaysia.
　　　　　電話：603-90563833　傳真：603-90562833
行政院新聞局北市業字第913號

封面設計／吳美惠
印　　刷／鴻霖印刷傳媒股份有限公司
總 經 銷／高見文化行銷股份有限公司
　　　　　電話：(02)2668-9005
　　　　　傳真：(02)2668-9790

■2010年（民99）09月21日初版
■2013年（民102）01月25日初版6刷
定價270元
ISBN 978-986-120-277-8
Printed in Taiwan

國家圖書館出版品預行編目資料

想太多3：悄悄話／眼球先生圖．文．- - 初版．- -
臺北市：商周出版：家庭傳媒城邦分公司發行．2010.08　面；公分. --（Colorful；25）
ISBN 978-986-120-277-8（平裝）

855　　　　　99016053

城邦讀書花園
www.cite.com.tw

想 ❸ 太 多 悄悄話

只要填寫讀者回函卡寄回，就有機會獲得：
眼球先生親筆簽名珍藏版複製原畫（3名）
眼球愛地球奇幻森林抱枕（5名）
《想太多3：悄悄話》明信片組（50名）
機會難得，趕快行動乙！

活動時間：即日起至2010年11月15日止（郵戳為憑）
活動公布：得獎名單將於2010年11月22日公布於城邦讀書花園（www.cite.com.tw），
　　　　　　獎品將於2010年11月29日統一寄出。

讀者回函卡

親愛的讀者,感謝您購買本書,即日起只要填妥以下資料(傳真及影印無效),
於2010年11月15日前(郵戳為憑)寄回,
就有機會獲得眼球先生限量商品。(獎品內容詳見回函卡正面)

姓名:_____

性別:□男　□女

生日:西元 _____ 年 _____ 月 _____ 日

地址:_____

聯絡電話:_____ 傳真:_____

E-mail:

職業:□1.學生 □2.軍公教 □3.服務 □4.金融 □5.製造 □6.資訊

　　　□7.傳播 □8.自由業 □9.農漁牧 □10.家管 □11.退休

　　　□12.其他 _____

您從何種方式得知本書消息?

　　　□1.書店□2.網路□3.報紙□4.雜誌□5.廣播 □6.電視 □7.親友推薦

　　　□8.其他 _____

您通常以何種方式購書?

　　　□1.書店□2.網路□3.傳真訂購□4.郵局劃撥□5.其他 _____

您喜歡閱讀哪些類別的書籍?

　　　□1.財經商業□2.自然科學 □3.歷史□4.法律□5.文學□6.休閒旅遊

　　　□7.小說□8.人物傳記□9.生活、勵志□10.其他 _____

還想知道些什麼? 希望眼球先生能在新書中告訴我:

_____

_____

_____